André Gide

Thésée

Gallimard

C'est à Paris, le 22 novembre 1869, que naquit André Gide au 19 de la rue de Médicis, non loin de la faculté de droit où son père, Paul Gide, allait occuper la chaire de droit romain.

Le grand écrivain était d'ascendance mi-normande mi-méridionale.

C'est en 1891 qu'il publia sans nom d'auteur *Les Cahiers de Walter*, œuvre posthume. Il les fit d'ailleurs mettre au pilon quelques jours plus tard. La même année, il fit éditer *Le Traité du Narcisse*, puis, en 1892, les *Poésies d'André Walter*. *La Tentative amoureuse*, en 1893, attirait l'attention des lettrés sur les œuvres de ce jeune écrivain tout empreintes d'ironie subtile.

Vers cette époque aussi André Gide commença les nombreux voyages qui, tout au long de sa vie, allaient le mener tour à tour en Afrique du Nord, en Afrique centrale et en Italie, pays latin pour lequel il eut une immense affection ; en U.R.S.S. aussi... On se souvient de la retentissante publication de *Retour de l'U.R.S.S.* qui marque sa rupture avec le parti communiste.

En 1893, André Gide publiait *Le Voyage d'Urien*, puis *Paludes* en 1895. *Les Nourritures terrestres* sont de 1897, tandis que *Le Prométhée mal enchaîné*, conte psychologique, est de 1899. André Gide ouvrit le siècle avec ses *Lettres à Angèle*. Deux ans plus tard paraissait *L'Immora-*

7

liste, qui fit dire à ses commentateurs qu'André Gide était dans la littérature contemporaine un des plus riches terrains de contradictions et de discussions qu'il soit possible de trouver.

Le 1ᵉʳ février 1909 parut le premier cahier de *La Nouvelle Revue Française.* Dans cette livraison figuraient des pages de *La Porte étroite* que Gide avait reprise à la *Revue de Paris* dans l'intention d'aider le jeune mouvement naissant auquel participaient également Jean Schlumberger, Jacques Copeau, André Ruyters.

En 1909 aussi, André Gide publia *Le Retour de l'enfant prodigue,* et ses œuvres se succèdent ensuite, presque chaque année : *Isabelle* paraît en 1911, *Nouveaux prétextes* quelques mois plus tard, *Souvenirs de la cour d'assises* en 1913, *La Symphonie pastorale* en 1919, *Si le grain ne meurt* en 1921, *Souvenirs, Confessions, Corydon* de 1911 à 1924, *Incidences* en 1924, *Les Faux-Monnayeurs* en 1925, *Congo* en 1928, *Retour du Tchad* et *L'École des femmes* en 1929.

On sait qu'André Gide a donné également plusieurs œuvres au théâtre, notamment *Saül, Le Roi Candaule* et *Œdipe...*

Ses études sur Dostoïevski, Oscar Wilde et ses traductions de Shakespeare, Conrad, Whitman, Tagore et Blake figurent parmi les meilleures qui aient été faites de ces auteurs.

André Gide, enfin, s'est exprimé dans cette œuvre capitale qu'est son *Journal.* Il reçut le prix Nobel en 1947, et devait s'éteindre, le 19 février 1951, à son domicile de la rue Vaneau.

THÉSÉE

Je dédie ce dernier écrit à

ANNE HEURGON

tout naturellement

car c'est grâce à son hospitalité charmante, à ses prévenances
constantes, à ses soins, que j'ai pu le mener à bien.

J'apporte également ici ma reconnaissance à

JACQUES HEURGON

et à tous ceux qui, durant un long temps d'exil, me permirent
de comprendre tout le prix de l'amitié ; et particulièrement à

JEAN AMROUCHE

qui m'encouragea grandement dans un travail que, sans lui, je
n'aurais peut-être pas trouvé le cœur d'entreprendre, encore
que j'y songeasse depuis longtemps.

I

C'est pour mon fils Hippolyte que je souhaitais raconter ma vie, afin de l'en instruire ; mais il n'est plus, et je raconterai quand même. A cause de lui je n'aurais osé relater, ainsi que je vais faire ici, quelques aventures galantes : il se montrait extraordinairement pudibond, et je n'osais parler devant lui de mes amours. Celles-ci n'ont du reste eu d'importance que dans la première partie de ma vie ; mais m'ont appris du moins à me connaître, concurremment avec les divers monstres que j'ai domptés. Car « il s'agit d'abord de bien comprendre qui l'on est, disais-je à Hippolyte ; ensuite il conviendra de prendre en conscience et en main l'héritage. Que tu le veuilles ou non, tu es, comme j'étais moi-même, fils de roi. Rien à faire à cela : c'est un fait ; il oblige ». Mais Hippolyte s'en souciait peu ; moins encore que je ne faisais à son âge et, comme moi dans ce temps, se passait fort commodément de le savoir. O premiers ans vécus dans l'innocence ! Insoucieuse formation ! J'étais le vent, la vague. J'étais plante ; j'étais oiseau. Je ne m'arrêtais pas à moi-même, et tout contact avec un monde extérieur ne m'enseignait point tant mes limites qu'il n'éveillait en moi de volupté. J'ai caressé des fruits, la peau des jeunes arbres, les cailloux lisses des rivages, le pelage des chiens, des chevaux, avant de caresser les femmes. Vers tout ce que Pan, Zeus ou Thétis me présentait de charmant, je bandais.

Un jour mon père m'a dit que ça ne pouvait pas continuer comme ça. — Pourquoi ? — Parce que, parbleu, j'étais son fils et que je devais me montrer digne du trône où lui succéder... Alors que je me sentais si bien, assis à cru sur l'herbe fraîche ou sur une arène embrasée. Pourtant je ne puis donner tort à mon père. Certes il faisait bien d'élever ma propre raison contre moi. C'est à cela que je dois tout ce que j'ai valu par la suite ; d'avoir cessé de vivre à l'abandon, si plaisant que cet état de licence pût être. Il m'enseigna que l'on n'obtient rien de grand ni de valable, ni de durable, sans effort.

L'effort premier je le donnai sur son invite. Ce fut en soulevant des roches, pour chercher les armes que, sous l'une d'elles, me disait-il, Poséidon avait cachées. Il riait de voir, par cet entraînement, mes forces s'accroître assez vite. Et cet entraînement musculaire doublait celui de mon vouloir. Après que, dans cette recherche vaine, j'eus déplacé les lourdes roches d'alentour, comme je commençais de m'attaquer aux dalles du seuil du palais, il m'arrêta :

« — Les armes, me dit-il, importent moins que le bras qui les tient ; le bras importe moins que l'intelligente volonté qui le guide. Voici les armes. Pour te les remettre, j'attendais que tu les mérites. Je sens en toi désormais l'ambition de t'en servir et ce désir de gloire qui ne te laissera t'en servir que pour de nobles causes et pour l'heur de l'humanité. Le temps de ton enfance est passé. Sois homme. Sache montrer aux hommes ce que peut être et se propose de devenir l'un d'entre eux. Il y a de grandes choses à faire. Obtiens-toi. »

II

C'était quelqu'un de très bien, Égée, mon père ; de tout à fait comme il fallait. En vérité, je soupçonne que je ne suis que son fils putatif. On me l'a dit, et que le grand Poséidon m'engendra. Dans ce cas c'est de ce dieu que je tiens mon humeur volage. En fait de femmes, je n'ai jamais su me fixer. Égée parfois m'empêchait un peu. Mais je lui sais gré de sa tutelle et d'avoir, dans l'Attique, remis le culte d'Aphrodite en honneur. J'ai regret d'avoir causé sa mort par un fatal oubli : celui de remplacer par des voiles blanches les voiles noires du bateau qui me ramenait de Crète, ainsi qu'il était convenu si je revenais victorieux de mon entreprise hasardeuse.

On ne saurait penser à tout. Mais à vrai dire et si je m'interroge, ce que je ne fais jamais volontiers, je ne puis jurer que ce fût vraiment un oubli. Égée m'empêchait, vous dis-je, et surtout lorsque, par les philtres de la magicienne, de Médée, qui le trouvait, ainsi qu'il se trouvait lui-même, un peu vieux en tant que mari, il s'avisa, fâcheuse idée, de repiquer une seconde jeunesse, obstruant ainsi ma carrière, alors que c'est à chacun son tour. Toujours est-il qu'à la vue des voiles noires... j'appris, en rentrant dans Athènes, qu'il s'était jeté dans la mer.

C'est un fait : je crois avoir rendu quelques notoires services ; j'ai définitivement purgé la terre de maints tyrans, bandits et monstres ; balayé certaines pistes aventureuses où l'esprit le plus téméraire ne s'engageait encore qu'en tremblant ; clarifié le ciel de manière que l'homme, au front moins courbé, appréhendât moins la surprise.

Force est de reconnaître qu'en ce temps

l'aspect de la campagne n'était nullement rassurant. Entre les bourgades dispersées s'étendaient de grands espaces incultes, traversés de routes peu sûres. Il y avait les forêts épaisses, les défilés des monts. Aux endroits les plus hasardeux, des brigands s'étaient établis, qui tuaient et pillaient le voyageur ou pour le moins le rançonnaient ; et sur eux ne s'exerçait le contrôle d'aucune police. Les brigandages se mêlaient aux rapines et aux férocités des bêtes de proie, aux forces mauvaises des éléments sournois, de sorte que l'on ne savait trop, lorsqu'un imprudent était mis à mal, de quelle malignité divine ou simplement humaine il était victime, et si tel monstre, comme le Sphinx ou la Gorgone dont triomphait Œdipe ou Bellérophon, tenait ou de l'homme ou du dieu. Tout paraissait divin, qui demeurait inexplicable, et la terreur s'épandait sur la religion, au point que l'héroïsme souvent semblait impie. Les premières et les plus importantes victoires que devait remporter l'homme, c'est sur les dieux.

Homme ou dieu, ce n'est qu'en s'emparant de son arme, et pour la rétorquer contre lui, comme je fis de la massue de Périphétès, le sombre géant d'Épidaure, que l'on peut estimer l'avoir vraiment vaincu.

Et la foudre de Zeus, je vous le dis, un temps viendra que l'homme saura s'en emparer de même, ainsi que Prométhée fit du feu. Oui, ce sont là des victoires définitives. Mais quant aux femmes, à la fois mon fort et mon faible, c'était toujours à recommencer. Je n'échappais à l'une que pour tomber dans les lacs de quelque autre et n'en conquérais aucune, que d'abord je ne fusse conquis. Pirithoüs avait raison lorsqu'il disait (ah ! que je m'entendais bien avec lui !) que l'important c'était de ne point se laisser appoltronner par aucune, ainsi qu'Hercule entre les bras d'Omphale. Et puisque, de femmes, je n'ai jamais pu ni voulu me priver, il me répétait à chaque pourchas amoureux : « Vas-y, mais passe

outre. » Celle qui, sous prétexte de sauve-
garde, prétendit un jour m'attacher, me
relier à elle par un fil, il est vrai ténu, mais
inextensible, c'est aussi bien celle que…
Mais le moment n'est pas encore venu d'en
parler.

De toutes, Antiope fut le plus près de
m'avoir. Reine des amazones, elle était,
pareillement à ses sujettes, borgne d'un
téton ; mais cela ne la déparait point.
Entraînée à la course, à la lutte, ses muscles
étaient fermes et drus autant que ceux de
nos athlètes. J'ai lutté contre elle. Dans
mes bras elle se débattait comme une once.
Désarmée, elle jouait des griffes et des
dents ; furieuse de mon rire (car j'étais sans
armes également) et de ne pouvoir se
défendre de m'aimer. Je n'ai jamais pos-
sédé rien de plus vierge. Et peu m'importa,
par la suite, qu'elle n'allaitât mon Hippolyte, son fils, que d'un sein. C'est de ce
chaste, de ce sauvage, que je voulais faire
mon héritier. Je raconterai, par la suite, ce
qui fut le deuil de ma vie. Car il ne suffit

pas d'être, puis d'avoir été : il faut léguer et faire en sorte que l'on ne s'achève pas à soi-même, me répétait déjà mon grand-père. Pitthée, Égée, étaient beaucoup plus intelligents que moi ; comme l'est également Pirithoüs. Mais l'on me reconnaît du bon sens ; le reste vient ensuite, avec la volonté, qui ne m'a jamais quitté, de bien faire. M'habite aussi certain courage qui me pousse aux entreprises hardies. J'étais, de plus, ambitieux : les hauts faits, que l'on me rapportait, de mon cousin Hercule, impatientaient ma jeunesse, et lorsque, de Trézène où j'avais vécu jusqu'alors, je dus rejoindre mon père putatif en Athènes, je ne voulus point écouter les conseils, pour sages qu'ils fussent, de m'embarquer, la route de la mer étant de beaucoup la plus sûre. Je le savais ; mais, à cause de ses dangers mêmes, c'est la route de terre, avec son immense détour, qui me tentait ; l'occasion d'y prouver ma valeur. Des brigands de tout poil recommençaient d'infester le pays et s'en donnaient à joie depuis qu'Hercule s'efféminait aux pieds d'Omphale. J'avais seize ans. J'avais beau jeu. C'était mon tour. A grands bonds mon cœur s'élançait vers l'extrémité de ma joie. Qu'ai-je affaire de sécurité ! m'écriais-je, et d'un chemin tout nettoyé ! Je tenais en mépris le repos sans gloire, et le confort, et la paresse. C'est donc sur le chemin d'Athènes, par l'isthme du Péloponnèse, que je me mis d'abord à l'épreuve, que je pris connaissance à la fois de la force de mon bras et de mon cœur, en réduisant quelques noirs bandits avérés : Sinnis, Périphétès, Procruste, Géryon (non, celui-là, ce fut Hercule ; je voulais dire : Cercyon). J'ai même, en ce temps, commis une légère erreur en la personne de Scyron, un très digne homme, semble-t-il, de bon vouloir et très serviable aux passants ; mais, on ne m'en avisa que trop tard et comme je venais d'abord de l'occire, on décida que ce devait être un chenapan.

C'est vers Athènes également, dans un buisson d'asperges, que me sourit ma première conquête amoureuse. Périgone était grande et souple. Je venais de tuer son père et lui fis en récompense un fort bel enfant : Ménalippe. J'ai perdu l'un et l'autre de vue, passant outre ; soucieux de ne point m'attarder. Ainsi fus-je toujours moins occupé ni retenu par ce que j'avais fait, que requis par ce qui me restait à faire ; et le plus important me paraissait sans cesse à venir.

Aussi bien ne m'attarderai-je pas davantage aux bagatelles préparatoires où je ne me compromettais, somme toute, que trop peu. Mais me voici devant une aventure admirable, et telle qu'Hercule lui-même n'en connut point. Je la dois relater longuement.

III

C'est très compliqué, cette histoire. Il faut dire d'abord que l'île de Crète était puissante. Minos y régnait. Il tenait l'Attique pour responsable de la mort de son fils Androgée et, en manière de représailles, avait exigé de nous un tribut annuel : sept jeunes gens et sept jeunes filles devaient être livrés pour satisfaire, disait-on, aux appétits du Minotaure, le monstrueux enfant que Pasiphaë, l'épouse de Minos, avait eu de son commerce avec un taureau. Le sort désignait ces victimes.

Or, cette année-là, je venais de rentrer en Grèce. Encore que le sort m'eût épargné (il épargne volontiers les princes), j'exigeai de faire partie du lot, nonobstant la résistance du roi, mon père... Je n'ai que faire des privilèges et prétends ne me distinguer du commun que par ma valeur. Aussi bien mon dessein était-il de triompher du Minotaure et du coup libérer la Grèce de cet abominable impôt. Au surplus j'étais fort curieux de la Crète, d'où nous parvenaient en Attique, sans cesse, de beaux, riches et bizarres objets. Je partis donc, m'étant joint aux treize autres, dont mon ami Pirithoüs.

Nous abordâmes, un matin de mars, à Amnisos, petite bourgade qui sert de port à la proche Cnossos, ville capitale de l'île où Minos réside et a fait édifier son palais. Nous aurions dû arriver la veille au soir, mais une tempête violente nous avait retardés. Au débarqué, des gardes armés nous entourèrent, s'emparèrent de mon glaive et de celui de Pirithoüs, s'assurèrent que nous ne portions point sur nous d'autres armes, puis nous emmenèrent pour comparaître devant le roi, lequel était venu de Cnossos avec sa cour, à notre rencontre. Des gens du peuple, en grande affluence, se pressaient alentour pour nous voir. Tous les hommes avaient le torse nu. Minos seul, assis sous un dais, portait une longue robe faite d'une seule pièce d'étoffe rouge sombre qui lui tombait des épaules en plis majestueux, jusqu'aux chevilles. Sur sa poitrine, vaste autant que celle même de Zeus, s'étageaient trois rangs de colliers. Nombre de Crétois en portent, mais de vulgaires ; tandis que ceux de Minos étaient composés de gemmes et de plaques d'or ciselé représentant des fleurs de lys. Il siégeait sur un trône que dominait la double hache et tenait de la main droite, écarté du corps en avant, un sceptre d'or aussi haut que lui ; de l'autre, une fleur trilobée, semblable à celles de ses colliers et semblablement en or, mais plus grande. Au-dessus de sa couronne d'or s'élevait un énorme panache en plumes de paon, d'autruche et d'alcyon. Il nous observa longuement, après nous avoir souhaité la bienvenue sur son île, avec un sourire qui pouvait bien être ironique, étant donné que nous venions en condamnés. A ses côtés, debout, se tenaient la reine et les deux princesses, ses filles. Il me parut aussitôt que l'aînée m'avait remarqué. Comme les gardes s'apprêtaient à nous emmener, je la vis se pencher vers son père et l'entendis lui dire en grec (à voix basse, mais j'ai l'oreille fine) : — « Je t'en conjure, pas celui-ci », cependant qu'elle me désignait du doigt. Minos sourit derechef et donna des ordres, en sorte que les gardes n'emmenassent que mes compagnons. Je ne fus pas plus tôt seul devant lui, qu'il commença de m'interroger.

Encore que je me fusse promis d'agir avec une extrême prudence et de rien laisser connaître de ma noble origine, non plus que de mes téméraires projets, il me parut soudain que mieux valait jouer franc jeu, du moment que j'avais attiré l'attention de la princesse, et que rien ne la pouvait attacher à moi davantage, ni me valoir la faveur du roi, que de déclarer

ouvertement que j'étais petit-fils de Pitthée. Je laissai même entendre que, d'après
ce que l'on disait en Attique, le grand
Poséidon m'aurait engendré. A quoi Minos
allégua gravement que, pour tirer la chose
au clair, il me soumettrait à l'épreuve du
flot tout à l'heure. Sur ce, je déclarai
suffisamment que, de toutes les épreuves,
je gardais certitude de ressortir victorieux.
Ces dames de la cour, sinon Minos lui-
même, se montrèrent favorablement émues
par mon assurance.

« A présent, dit Minos, allez de suite
vous restaurer. Vos camarades attablés déjà
vous attendent. Après une nuit tourmen-
tée, vous devez avoir, comme l'on dit ici,
besoin de prendre. Reposez-vous. Je
compte que vous assisterez, vers la fin du
jour, à des jeux solennels en l'honneur de
votre venue. Puis nous vous emmènerons,
prince Thésée, à Cnossos. Vous dormirez
dans une chambre du palais, et demain
prendrez part à notre repas du soir ; un
petit dîner tout simple, en famille, où vous

ous sentirez à l'aise et où ces dames seront heureuses de vous entendre raconter vos premiers exploits. A présent, elles vont s'apprêter pour la fête. Nous vous y retrouverons, et vous serez placés, vous et vos compagnons, immédiatement au-dessous de la loge royale, eu égard à votre rang de prince qui, par contagion, glorifiera vos compagnons dont je ne veux pourtant pas ouvertement vous distinguer. »

Cette festivité avait lieu dans un vaste hémicycle ouvert sur la mer. Elle provoquait grande affluence, tant d'hommes que de femmes, venus de Cnossos, de Lyttos, et même de Gortyne, distante pourtant, me dit-on, de deux cents stades, d'autres villes enfin et villages voisins, ainsi que de la campagne qui, paraît-il, est extrêmement peuplée. J'étais surpris par tous les sens et ne puis dire combien les Crétois me paraissaient étrangers. Ne pouvant tous trouver places sur les gradins de l'amphithéâtre, ils se pressaient et bousculaient dans les couloirs et le long des marches des escaliers.

Les femmes, aussi nombreuses que les hommes, avaient pour la plupart le torse nu ; quelques rares portaient corsage ; encore celui-ci, largement échancré, selon une coutume qui me parut, je dois l'avouer, impudique, laissait-il les seins à l'air. Tous et toutes, serrés jusqu'à l'absurde par des corselets bas et des ceintures, avaient des tailles de sablier. Les hommes, presque uniformément bruns de peau, portaient aux mains, aux poignets, au cou, presque autant de bagues, de bracelets et de colliers que les femmes ; elles toutes blanches. Tous les visages étaient glabres, à la seule exception de ceux du roi, de Rhadamante, son frère, et de son ami Dédale. Les dames de la cour, sur une estrade au-dessous de laquelle on nous avait fait asseoir, dominant d'assez haut l'arène, déployaient un prodigieux luxe de vêtements et de parures. Chacune portait une jupe à volants, qui se gonflait bizarrement au-dessous des hanches et tombait en falbalas brodés jusqu'aux pieds embottinés de cuir blanc ; entre toutes, la reine, au centre de l'estrade, se faisait encore remarquer par son faste. Ses bras et le devant de sa poitrine étaient nus. Sur ses seins opulents s'étalaient perles, émaux et pierreries. Son visage était encadré de longues boucles noires, et des bouclettes striaient son front. Elle avait les lèvres gourmandes, le nez retroussé, de grands yeux vides, au regard, eût-on dit, bovin. Une sorte de diadème d'or la couronnait, posé non point à même sa chevelure, mais sur un ridicule chapeau d'étoffe sombre qui, traversant le diadème, finissait en très haute pointe inclinée comme une corne en avant du front. Son corsage, qui la découvrait par-devant jusqu'à la ceinture, montait au-dessus du dos et s'achevait en énorme col évasé. La jupe, étalée autour d'elle, laissait admirer, sur fond crème, en trois rangs de broderies étagés, des iris pourpres, des safrans et, tout en bas, des violettes avec leurs feuilles. Comme j'étais en contre-bas, j'avais pour ainsi dire, quand je me retournais, le nez dessus, et m'émerveillais, autant que du choix des couleurs et de la beauté du dessin, de la finesse et de la perfection du travail.

Ariane, la fille aînée, assise à droite de sa mère, présidait à la corrida, moins somptueusement parée que la reine et vêtue de couleurs différentes. Sa jupe, ainsi que celle de sa sœur, ne portait que deux rangs de broderies : celui d'en haut, chiens et biches ; celui d'en bas : chiens et perdrix. Pour Phèdre, sensiblement plus jeune, à gauche de Pasiphaë, c'étaient des enfants courant après des cerceaux, et, en bas, des enfants plus petits, accroupis, jouant aux billes. Elle prenait un enfantin plaisir au spectacle. Quant à moi je le suivais à peine, déconcerté par trop de nouveauté ; mais ne laissai pas d'être surpris par la souplesse, la prestesse et l'agilité des acrobates qui se risquèrent dans l'arène après que les choreutes, les danseuses, puis les lutteurs eurent cédé la place. Devant bientôt moi-

même affronter le Minotaure, je m'instrui-
sis beaucoup à observer leurs feintes et
leurs passades propres à fatiguer et
éberluer le taureau.

IV

Après qu'Ariane eut remis au dernier triomphateur le dernier prix, Minos, ayant levé la séance, escorté des gens de la cour, me fit venir auprès de lui séparément.

« Je vous veux conduire à présent, prince Thésée, me dit-il, en un endroit au bord de la mer afin de vous soumettre à l'épreuve qui nous révélera si vous êtes authentiquement fils du dieu Poséidon, ainsi que vous le prétendiez d'abord. »

Il m'emmena donc sur une roche en promontoire dont la vague venait battre le pied.

« Je vais, dit le roi, jeter dans le flot ma couronne, pour vous prouver ma confiance que vous me la rapporterez du fond. »

La reine et les deux princesses étaient là, désireuses d'assister à l'épreuve ; de sorte que, enhardi par leur présence, je protestai :

« Suis-je un chien, pour rapporter à son maître un objet, fût-ce une couronne ? Laissez-moi plonger sans appât. Je vous rapporterai de ma plongée quoi que ce soit qui l'atteste et la prouve. »

Je poussai l'audace plus loin. Comme une brise assez forte s'élevait, il advint qu'une longue écharpe fut enlevée des épaules d'Ariane. Le souffle la dirigea vers moi. Je m'en saisis en souriant comme si la princesse ou quelque dieu me l'eût offerte. Aussitôt, me dépouillant du justaucorps qui m'engonçait, je ceignis autour de mes reins cette écharpe, la passai entre mes cuisses et, la ramenant par devant, l'assujettis. Il semblait que ce fût par pudeur et pour ne point exposer ma virilité devant ces dames ; mais ce faisant je pus dissimuler la ceinture de cuir que je conservais, à quoi pendait une escarcelle. Dans celle-ci, je n'avais pas de pièces de métal, mais bien quelques pierres de prix, emportées de Grèce, car je savais que ces pierreries gardent leur pleine valeur n'importe où.

Donc, ayant pris souffle, je plongeai.

Je plongeai, dûment entraîné, profondément, et ne reparus à la surface qu'après avoir sorti de l'escarcelle une agate onyx et deux chrysoprases. Remonté sur le bord, je tendis, de mon plus galant, l'onyx à la reine, et à chacune des princesses les chrysoprases, feignant de les ramener du fond, ou plutôt encore (car il n'était guère vraisemblable que des pierres, si rares sur notre sol, se trouvassent communément dans les profondeurs ni que j'eusse eu le temps de les choisir), affectant que Poséidon lui-même me les eût tendues afin que je les pusse offrir à ces dames; ce qui prouvait, mieux que l'épreuve, ma divine origine et que j'étais favorisé par le dieu.

A la suite de quoi Minos me restitua mon glaive.

Des chars nous emmenèrent peu après pour nous transporter à Cnossos.

V

J'étais accablé de fatigue, au point de ne pouvoir plus m'étonner de la grande cour du palais, d'un escalier monumental à balustrade et des corridors tortueux par où des serviteurs diligents, porteurs de torches, me guidèrent, au second étage, jusqu'à la chambre qui m'avait été réservée, éclairée de nombreuses lampes qu'ils éteignirent alors à l'exception d'une seule. Sur une couche moelleuse et parfumée, lorsqu'ils m'eurent laissé, je sombrai dans un épais sommeil jusqu'au soir du second jour, encore que j'eusse déjà dormi durant le long trajet; car nous n'étions arrivés à Cnossos qu'au petit matin, après avoir roulé toute la nuit.

Je ne suis pas du tout cosmopolite. A la

cour de Minos, pour la première fois, je compris que j'étais hellène, et me sentis dépaysé. Je m'étonnais de toutes choses étranges, costumes, coutumes, façon de se comporter, meubles (et chez mon père, nous étions court d'ameublement), instruments et manières de s'en servir. Parmi tant de raffinement, je me faisais l'effet d'un sauvage et ma maladresse s'augmentait de ce qu'elle prêtait à sourire. J'avais accoutumé de mordre à même les victuailles, les portant à ma bouche avec mes doigts, et ces légères fourchettes de métal ou d'os ciselé, ces couteaux dont ils usaient pour hacher les viandes, m'étaient à manier plus lourds que les plus pesantes armes de combat. Les regards se fixaient sur moi ; et, devant converser, je paraissais encore plus gauche. Dieu ! que je me sentais donc emprunté ! Moi qui n'ai jamais rien valu que seul, pour la première fois j'étais en société. Il ne s'agissait plus de lutter et de l'emporter par la force, mais de plaire, et je manquais d'usage étrangement.

Au dîner, j'étais entre les deux princesses. Un petit repas de famille, sans cérémonie, me disait-on. Et de fait, en plus de Minos et de la reine, de Rhadamante, le frère du roi, des deux princesses, et de leur jeune frère Glaucos, aucun autre convive n'y prit part que le précepteur grec du petit prince, qui venait de Corinthe et qu'on ne me présenta même pas.

On me pria de raconter en ma langue (que tous ceux de la cour comprenaient fort bien et parlaient couramment, encore qu'avec un léger accent) ce qu'ils appelaient mes exploits, et j'eus la joie de voir la jeune Phèdre et Glaucos pris de fou rire au récit du traitement que Procruste faisait subir aux passants et que je lui fis subir à son tour, retranchant de lui tout ce qui dépassait sa toise. Mais avec tact on évita toute allusion à ce qui m'amenait en Crète, affectant de ne voir en moi qu'un voyageur.

Durant tout le repas, Ariane me pressa du genou sous la nappe ; mais c'est surtout la chaleur que dégageait la jeune Phèdre qui me troublait. Cependant que Pasiphaë, la reine, en face de moi, me dévorait tout cru du regard, Minos, à côté d'elle, souriait inaltérablement. Seul Rhadamante, à longue barbe blonde, paraissait un peu renfrogné. L'un et l'autre quittèrent la salle après le quatrième service, pour aller, disaient-ils, siéger. Je ne compris que par la suite ce qu'ils voulaient ainsi dire.

J'étais mal ressuyé du mal de mer; mangeai beaucoup, bus plus encore de divers vins et de liqueurs qu'on me servit en abondance; de sorte que bientôt je ne sus plus où j'en étais, car je n'ai pas accoutumé de boire, que de l'eau ou du vin coupé. Près de perdre contenance et tandis que je pouvais encore me dresser, je demandai la permission de sortir. La reine aussitôt me mena dans un petit cabinet de toilette attenant à son appartement particulier. Après que j'eus abondamment vomi, je la rejoignis sur un divan de sa chambre, et c'est là qu'elle commença de m'entreprendre.

« Mon jeune ami... vous permettez que je vous appelle ainsi, dit-elle, profitons vite de ce que nous voici tous deux seuls. Je ne suis pas ce que vous croyez et n'en veux nullement à votre personne, si charmante soit-elle pourtant. » Et, tout en protestant qu'elle ne s'adressait qu'à mon âme ou à je ne sais quoi d'intérieur, elle ne laissait pas de porter ses mains à mon front, puis, les insinuant sous mon justaucorps de cuir, elle palpait mes pectoraux comme afin de se persuader de la réalité de ma présence.

« Je n'ignore pas ce qui vous amène ici et tiens à prévenir une erreur. Vos intentions sont meurtrières. Vous venez combattre mon fils. Je ne sais ce qu'on a pu vous raconter de lui et ne tiens pas à le savoir. Ah ! ne restez pas sourd aux réclamations de mon cœur ! Que celui qu'on appelle le Minotaure soit ou non le monstre qu'on vous a peint sans doute, c'est mon fils. »

Là-dessus je crus séant d'alléguer que je ne manquais pas de goût pour les monstres ; mais elle continuait sans m'entendre :

« Comprenez-moi, je vous en prie : je suis de tempérament mystique. J'ai l'amour exclusif du divin. Le gênant, voyez-vous, c'est de ne point savoir où commence et où finit le dieu. J'ai beaucoup fréquenté Léda, ma cousine. Pour elle, dieu s'était caché dans un cygne. Or, Minos avait compris mon désir de lui donner comme héritier un dioscure. Mais comment distinguer ce qui peut rester d'animal dans la semence même des dieux ? Si, par la suite, j'ai pu déplorer mon erreur — et je sens bien que de vous en parler ainsi enlève toute grandeur à l'affaire —, mais je vous assure, ô Thésée, qu'au moment même, c'était divin. Car sachez bien que mon taureau n'était pas une bête ordinaire. Poséidon l'avait fourni. On devait le lui offrir en holocauste ; mais il était si beau, que Minos ne put se résoudre à le sacrifier. C'est ce qui m'a permis, par la suite, de faire passer mon désir pour une vengeance du dieu. Et vous n'ignorez pas que ma belle-mère, Europe, c'est un taureau qui l'avait enlevée. Zeus se cachait en lui. De leur hymen naquit Minos lui-même. C'est ce qui fait que les taureaux ont toujours été tenus en grand honneur dans sa famille. Et quand, après la naissance du Minotaure, je voyais les sourcils du roi se froncer, je n'avais qu'à lui dire : Et ta mère ! Il devait bien admettre que j'avais pu m'y tromper. C'est un sage. Il croit que Zeus l'a nommé juge avec Rhadamante, son frère. Il soutient qu'il faut d'abord avoir compris pour bien juger et pense qu'il ne sera bon juge qu'après qu'il aura tout éprouvé, par lui-même ou dans sa famille. C'est un grand encouragement pour les siens. Ses enfants, moi-même, chacun dans sa diversité, nous travaillons, par nos écarts particuliers, à l'avancement de sa carrière. Le Minotaure aussi, sans le savoir. Aussi viens-je vous demander, Thésée, vous prier instamment de chercher non point à lui faire du mal, mais plutôt à vous accointer avec lui, de manière à lever un malentendu qui oppose la Crète à la Grèce, au grand dam de nos deux pays. »

Ainsi parlant elle se faisait toujours plus pressante, au point que j'en étais grandement incommodé, les vapeurs de vin aidant et se mêlant à la très forte odeur qui s'échappait avec ses seins de son corsage.

« Revenons au divin, continuait-elle. Il faut toujours y revenir. Vous-même, vous-même, ô Thésée, comment ne pas vous sentir habité par un dieu ?... »

Ce qui mettait le comble à ma gêne, c'est qu'Ariane, la fille aînée, belle extraordinairement, qui toutefois me troublait moins que la cadette, c'est qu'Ariane, dis-je, m'avait, avant que je ne me sentisse indisposé, fait comprendre, tant par gestes qu'à demi-voix, qu'elle m'attendait, sitôt remis, sur la terrasse.

VI

Quelle terrasse ! et de quel palais ! Ô
jardins en extase, suspendus dans l'attente
d'on ne savait quoi, sous la lune ! C'était au
mois de mars ; avec une tiédeur délicieuse
palpitait déjà le printemps. Mon malaise se
dissipa dès que je fus à nouveau dans l'air
libre. Je ne suis pas un homme d'intérieur
et j'ai besoin de respirer à pleins poumons.
Ariane courut à moi, et tout de go colla ses
chaudes lèvres aux miennes, si véhémente-
ment que nous chancelâmes tous deux.

« Viens, dit-elle. Il m'importe peu qu'on
nous voie ; mais, pour causer, nous serons
mieux sous les térébinthes. » Et, descen-
dant quelques marches, elle m'entraîna
vers un endroit plus touffu du jardin, où de

grands arbres cachaient la lune mais non son reflet sur la mer. Elle avait changé de vêtements, remplacé sa jupe à cerceaux et son corsage à busc par une sorte de robe flottante sous laquelle on la sentait nue.

« J'imagine ce que ma mère a pu te dire, commença-t-elle. Elle est folle ; mais folle à lier ; et tu n'as pas à tenir compte de ses paroles. Ceci d'abord : ici, tu cours un grand danger. Tu viens combattre, je le sais, mon demi-frère le Minotaure. C'est dans ton intérêt que je parle ; suis-moi bien. Tu triompheras de lui, j'en suis sûre ; il suffit de te voir pour n'en pouvoir douter. (— Tu ne trouves pas que ça fait un beau vers ? Tu es sensible ?) Mais, du labyrinthe que le monstre habite, nul jusqu'à présent n'a pu sortir ; et toi non plus, tu ne le pourras, si ton amante que je suis, que je vais être, ne te vient en aide. Tu ne peux te faire idée de ce que c'est compliqué, le labyrinthe. Demain, je te présenterai à Dédale, qui te dira. C'est lui qui l'a construit ; mais même lui ne sait déjà plus s'y reconnaître. Il te racontera comment son fils Icare, qui s'y était aventuré, n'a pu s'en tirer que par les airs, avec des ailes. Mais ça, je n'ose te le conseiller : c'est trop risqué. Ce qu'il faut tout de suite que tu comprennes, c'est que ta chance unique, c'est de ne jamais me quitter. Entre toi et moi, désormais, c'est, ce doit être : à la vie, à la mort. Ce n'est que grâce à moi, que par moi, qu'en moi, que tu pourras te retrouver toi-même. C'est à prendre ou à laisser. Si tu me laisses, malheur à toi. Donc commence d'abord par me prendre. » Sur ce, m'abandonnant son quant-à-soi, elle s'offrit à mon étreinte et me retint entre ses bras jusqu'au matin.

Le temps, il me faut l'avouer, me parut long. Je n'ai jamais aimé la demeure, fût-ce au sein des délices, et ne songe qu'à passer outre dès que ternit la nouveauté. Ensuite elle disait : « Tu m'as promis. » Je n'avais rien promis du tout et tiens surtout à rester libre. C'est à moi-même que je me dois.

Encore que mes facultés d'observation

restassent obnubilées par l'ivresse, son quant-à-soi me parut d'accès si facile que je ne puis croire que j'en fusse le pionnier. Cette remarque me communiqua large autorisation, par la suite, pour me libérer d'Ariane. Au surplus, sa sensiblerie me devint vite insupportable. Insupportables ses protestations d'amour éternel, et les petits noms tendres dont elle m'affublait. J'étais tour à tour son bien unique, son canari, son bichon, son tiercelet, son dorelot... J'ai l'horreur des diminutifs. Et puis elle était trop férue de littérature. « Mon petit cœur, les iris seront bientôt fanés, me disait-elle, alors qu'ils commençaient à peine d'éclore. Je sais bien que tout passe ; mais ne m'occupe que du présent. » Elle disait aussi : « Je ne puis me passer de toi. » Ce qui fit que je ne songeai plus qu'à me passer d'elle.

« Que dira de cela le roi ton père ? » lui avais-je demandé. Elle, de me répondre : « Minos, mon chou, supporte tout. Il tient que le plus sage est d'admettre ce que l'on ne peut pas empêcher. Il n'a pas protesté lors de l'aventure de ma mère avec le taureau, mais simplement argué : Ici, j'ai quelque peine à vous suivre, m'a répété maman après qu'elle s'en fut expliquée avec lui. Ce qui est fait est fait, et rien plus ne le peut défaire, a-t-il ajouté. A notre endroit il en ira de même. Tout au plus te chassera-t-il de sa cour ; mais qu'importe ! où que tu ailles, je te suivrai. »

C'est ce que nous verrons, pensai-je.

Après que nous eûmes pris un léger en-cas, je la priai de me mener près de Dédale ; avec qui je lui dis que je voulais causer seul à seul. Elle ne me laissa que je ne lui eusse juré, par Poséidon, de la retrouver au palais si tôt ensuite.

VII

Dédale s'était levé pour m'accueillir dans la salle peu éclairée où je le surpris incliné sur des tablettes, des plans étalés, entouré de quantité d'instruments bizarres. Il est de très haute stature, non courbé malgré son grand âge ; porte une barbe plus longue encore que celle de Minos, laquelle est restée noire, blonde celle de Rhadamante, tandis que celle de Dédale est argentée. Son front vaste est coupé de profondes rides horizontales. Ses sourcils broussailleux couvrent à demi son regard lorsqu'il tient la tête baissée. Il a le parler lent, la voix profonde. L'on comprend que lorsqu'il se tait, c'est pour penser.

Il commença par me féliciter de mes

prouesses, dont l'écho, me dit-il, était parvenu jusqu'à lui, si retiré qu'il se tînt à l'abri des bruits du monde. Il ajouta que je lui paraissais un peu niais ; qu'il ne tenait pas les faits d'armes en grande estime, ni que la valeur de l'homme fût dans ses bras.

« J'ai, dans le temps, passablement fréquenté ton prédécesseur Hercule. Il était bête et l'on ne pouvait rien tirer de lui que d'héroïque. Mais ce que je goûtais en lui, comme je goûte en toi, c'est une sorte de dévouement à la tâche, de hardiesse sans recul, et même de témérité qui vous précipite en avant et triomphe de l'adversaire après avoir triomphé de ce que nous avons en chacun de nous de couard. Hercule était plus appliqué que toi ; plus soucieux aussi de bien faire ; triste un peu, surtout après l'exploit accompli. Or ce que j'aime en toi, c'est la joie ; par quoi tu diffères d'Hercule. Je te louerai de ne point te laisser embarrasser par la pensée. C'est affaire à d'autres, qui eux n'agissent pas, mais fournissent belles et bonnes raisons d'agir.

« Sais-tu bien que nous sommes cousins ? que moi aussi (mais ne le répète pas à Minos, qui n'en sait rien), je suis hellène. J'eus regret de devoir quitter l'Attique à la suite de certains différends survenus avec mon neveu Talos, sculpteur comme moi, mon rival. Il avait acquis la faveur populaire en prétendant maintenir les dieux dont il formait l'image engainée par la base dans une posture hiératique, donc incapables de mouvement ; tandis que, libérant leurs membres, je rapprochais de nous les dieux. L'Olympe, grâce à moi, voisinait de nouveau la terre. D'autre part, je prétendais, par la science, rendre l'homme semblable aux dieux.

« A ton âge, j'étais surtout désireux de m'instruire. Je me persuadai vite que la force de l'homme ne peut rien ou pas grand-chose sans instruments et que le dicton : " Engin mieux vaut que vigueur ", dit vrai. Tu n'aurais pu soumettre assurément les brigands du Péloponnèse ou de l'Attique, sans les armes que t'avait remises ton père. Ainsi pensai-je que je ne saurais m'employer mieux qu'à mener à plus de perfection celles-ci, et que je ne le pourrais faire que je ne connusse d'abord mathématique, mécanique et géométrie aussi bien pour le moins qu'on ne les connaissait alors en Égypte, où l'on en tire grand parti ; puis aussi, pour passer de leur enseignement à la pratique, que je ne m'instruisisse sur toutes propriétés et qualités des diverses matières, même de celles qui ne paraissaient pas d'un immédiat emploi, en lesquelles on découvre parfois d'extraordinaires vertus que l'on ne soupçonnait pas d'abord, comme il advient de même en les hommes. Ainsi s'étendait et se fortifiait mon savoir.

« Puis, pour connaître d'autres métiers et industries, d'autres climats, d'autres plantes, je m'en fus visiter des pays lointains, me mettre à l'école de savants étrangers, et ne les quittai point qu'ils eussent encore à m'apprendre. Mais où que j'allasse ou demeurasse, je restais grec. Aussi bien, c'est parce que je te sais et te sens fils de la Grèce, que je m'intéresse à toi, mon cousin.

« A mon retour en Crète, je m'entretins avec Minos de mes études et de mes voyages ; puis lui fis part d'un projet que j'avais nourri, de construire et aménager, près de son palais, s'il le voulait bien et qu'il m'en fournît les moyens, un labyrinthe à l'instar de celui que j'avais admiré, en Égypte, sur la rive du lac Moeris, encore que sur un plan différent. Et comme précisément alors, Minos se trouvait gêné, la reine ayant mis bas un monstre, par la charge du Minotaure duquel il ne savait quoi faire et qu'il jugeait séant d'isoler et de soustraire à la vue publique, il me demanda d'élaborer un édifice et une suite de jardins non enclos qui, sans emprisonner le monstre exactement, du moins le retinssent et dont il ne lui fût pas possible de s'échapper. J'y prodiguai mes soins, mes connaissances.

« Or, estimant qu'il n'est pas de geôle qui vaille devant un propos de fuite obstiné, pas de barrière ou de fossé que hardiesse et résolution ne franchissent, je pensai que, pour retenir dans le labyrinthe, le mieux était de faire en sorte, non point tant qu'on ne pût (tâche de me bien comprendre), mais qu'on n'en voulût pas sortir. Je réunis donc dans ce lieu de quoi répondre aux appétits de toutes sortes. Ceux du Minotaure ne sont ni nombreux ni divers ; mais il s'agissait aussi bien de tous et de quiconque entrerait dans le labyrinthe. Il importait encore et surtout de diminuer jusqu'à l'annihilation leur vouloir. Pour y pourvoir je composai des électuaires que l'on mêlait aux vins qu'on leur servait. Mais cela ne suffisait pas ; je trouvai mieux. J'avais remarqué que certaines plantes, lorsqu'on les jette au feu, dégagent en se consumant des fumées semi-narcotiques, qui me parurent ici d'excellent emploi. Elles répondirent exactement à ce que j'attendais d'elles. J'en fis donc alimenter des réchauds, qu'on maintient allumés jour et nuit. Les lourdes vapeurs qui s'en dégagent n'agissent pas seulement sur la volonté, qu'elles endorment ; elles procurent une ivresse pleine de charme et prodigue de flatteuses erreurs, invitent à certaine activité vaine le cerveau qui se laisse voluptueusement emplir de mirages ; activité que je dis vaine, parce qu'elle n'aboutit à rien que d'imaginaire, à des visions ou des spéculations sans consistance, sans logique et sans fermeté. L'opération de ces vapeurs n'est pas la même pour chacun de ceux qui les respirent, et chacun, d'après l'imbroglio que prépare alors sa cervelle, se perd, si je puis dire, dans son labyrinthe particulier. Pour mon fils Icare, l'imbroglio fut métaphysique. Pour moi, ce sont des constructions immenses, des amoncellements de palais avec enchevêtrement de couloirs, d'escaliers... où, comme pour les ratiocinations de mon fils, tout aboutit à une impasse, à un " pas plus avant " mystérieux. Mais le plus étonnant, c'est que, ces parfums, dès qu'on les a humés quelque temps, l'on ne peut déjà plus s'en passer ; que le corps et l'esprit ont pris goût à cette ébriété malicieuse, hors de laquelle la réalité paraît sans attrait, de sorte que l'on ne souhaite plus d'y revenir, et que cela aussi, cela surtout, vous retient dans le labyrinthe. Connaissant ton désir d'y entrer pour y combattre le Minotaure, je t'avertis ; et si je t'ai parlé si longuement de ce danger, c'est afin de te mettre en garde. Tu ne t'en tireras pas tout seul ; il faut qu'Ariane t'accompagne. Mais elle doit demeurer sur le seuil et ne respirer point les parfums. Il importe qu'elle reste de sang-froid, tandis que tu succomberas à l'ivresse. Mais, même ivre, sache rester maître de toi : tout est là. Ta volonté n'y suffisant peut-être pas (car, je te l'ai dit : ces émanations l'affaiblissent), j'ai donc imaginé ceci : relier Ariane et toi par un fil, figuration tangible du devoir. Ce fil te permettra, te forcera de revenir à elle après que tu te seras écarté. Conserve toutefois le ferme propos de ne pas le rompre, quels que puissent être le charme du labyrinthe, l'attrait de l'inconnu, l'entraînement de ton courage. Reviens à elle, ou c'en est fait de tout le reste, du meilleur. Ce fil sera ton attachement au passé. Reviens à lui. Reviens à toi. Car rien ne part de rien, et c'est sur ton passé, sur ce que tu es à présent, que tout ce que tu seras prend appui.

« Je t'aurais parlé moins longuement si je m'intéressais moins à toi. Mais, avant que tu ne t'en ailles vers ton destin, je veux te faire entendre mon fils. Tu te rendras mieux compte, en l'écoutant, du danger que tu vas courir. Encore qu'il ait pu s'échapper, grâce à moi, des sortilèges du labyrinthe, son esprit est resté fâcheusement soumis à l'empire de leur maléfice. »

Il se dirigea vers une porte basse, et, soulevant la tenture qui la couvrait, dit à très haute voix :

« Icare, mon enfant bien-aimé, viens nous exposer ton angoisse ; ou, plutôt, continue, comme dans ta solitude, ton monologue, sans t'occuper de moi ni de mon hôte. Fais comme si nous n'étions pas là. »

VIII

Je vis entrer un jeune homme, à peu près de mon âge, qui, dans la pénombre, me parut d'une grande beauté. Ses cheveux blonds qu'il portait très longs tombaient en boucles sur ses épaules. Son regard fixe semblait ne point s'arrêter aux objets. Nu jusqu'à la ceinture, il avait la taille étroitement sanglée dans un corselet de métal. Un pagne d'étoffe sombre et de cuir, ainsi qu'il me parut, lui gainait le haut des cuisses, retenu par un bizarre nœud ample et bouffant. Mes yeux furent attirés par des bottines de cuir blanc qui semblaient indiquer qu'il se préparait à sortir ; mais son esprit seul était en marche. Lui ne paraissait pas nous voir. Poursuivant sans doute son cheminement spirituel, il disait :

« Qui donc a commencé : l'homme ou la femme ? L'Éternel est-il féminin ? Du ventre de quelle grande Mère êtes-vous sorties, formes multiples ? Et ventre fécondé par quel engendreur ? Dualité inadmissible. Dans ce cas, le dieu, c'est l'enfant. Mon esprit se refuse à diviser Dieu. Dès que j'admets la division, c'est pour la lutte. Qui dieux a, guerre a. Il n'y a pas des dieux, mais un Dieu. Le règne de Dieu, c'est la paix. Tout se résorbe et se réconcilie dans l'Unique. »

Il se tut un instant, puis reprit :

« Pour informer le divin, l'homme doit localiser et réduire. Dieu n'est qu'épars. Les dieux sont divisés. Il est immense ; eux sont locaux. »

Il se tut encore, puis reprit, d'une voix haletante, angoissée :

« Mais la raison de tout cela, Dieu limpide ? de tant de peines, de tant d'efforts. Et vers quoi ? La raison d'être ? et de chercher à tout des raisons ? Vers quoi tendre, sinon vers Dieu ? Comment se diriger ? Où s'arrêter ? Quand pouvoir dire : ainsi soit-il ; rien ne va plus ? Comment atteindre Dieu, partant de l'homme ? Si je pars de Dieu, comment parvenir jusqu'à moi ? Cependant, tout autant que Dieu m'a formé, Dieu n'est-il pas créé par l'homme ? C'est à l'exacte croisée des chemins, au cœur même de cette croix, que mon esprit veut se tenir. »

Ainsi parlant, les veines de son front se gonflaient, la sueur ruisselait de ses tempes. Du moins me parut-il, car je ne pouvais le voir distinctement dans la pénombre ; mais je l'entendais haleter, comme qui fait un immense effort.

Il se tut un instant, puis reprit :

« Je ne sais point où Dieu commence, et moins encore où il finit. Même j'exprimerai mieux ma pensée si je dis qu'il n'en finit jamais de commencer. Ah ! que je suis donc soûl du *donc,* du *parce que,* du *puisque !...* du ratiociner, du déduire. Je n'extrais du plus beau syllogisme que ce que j'y avais

65

mis d'abord. Si j'y mets Dieu, je l'y retrouve. Je ne l'y trouve que si je l'y mets. J'ai parcouru toutes les routes de la logique. Sur le plan horizontal, je suis las d'errer. Je rampe et je voudrais prendre l'essor ; quitter mon ombre, mon ordure, rejeter le poids du passé ! L'azur m'attire, ô poésie ! Je me sens aspiré par en haut. Esprit de l'homme, où que tu t'élèves, j'y monte. Mon père, expert en la mécanique, saura m'en fournir le moyen. J'irai seul. J'ai l'audace. Je fais les frais. Pas moyen d'en sortir, sinon. Bel esprit, trop longtemps empêtré dans l'enchevêtrement des problèmes, sur un chemin non tracé tu vas t'élancer. Je ne sais quel est cet attrait qui m'engage ; mais je sais qu'il n'est qu'un terminus unique : c'est Dieu. »

Alors il s'écarta de nous à reculons, jusqu'à la tenture, qu'il souleva, puis laissa retomber sur lui.

« Pauvre cher enfant, dit Dédale. Comme il pensait ne pouvoir plus s'échapper du labyrinthe et ne comprenait pas que le labyrinthe était en lui, sur sa demande, je fabriquai pour lui des ailes qui lui permissent de s'envoler. Il estimait ne trouver d'autre issue que par le ciel, toutes routes terrestres étant barrées. Je lui connaissais une prédisposition mystique et ne m'étonnai pas de son désir. Désir non assouvi, ainsi que tu as pu t'en rendre compte en l'écoutant. En dépit de mes monitions, il a voulu monter trop haut et a présumé trop de ses forces. Il a chu dans la mer. Il est mort.

— Comment se pourrait-il ? m'écriai-je alors. Je viens de le voir vivant tout à l'heure.

— Oui, reprit-il, tu viens de le voir, qui t'a paru vivant. Mais il est mort. Ici, Thésée, je crains que ton esprit, pourtant grec, c'est-à-dire subtil et ouvert à toutes les vérités, ne puisse me suivre ; car moi-même, je te l'avoue, j'ai mis longtemps à comprendre et admettre ceci : chacun de nous, dont l'âme, lors de la suprême pesée, ne sera pas jugée trop légère, ne vit pas simplement sa vie. Dans le temps, sur un plan humain, il se développe, accomplit son destin, puis meurt. Mais le temps même n'existe pas sur un autre plan, le vrai, l'éternel, où chaque geste représentatif, selon sa signification particulière s'inscrit. Icare était, dès avant de naître et reste après sa mort, l'image de l'inquiétude humaine, de la recherche, de l'essor de la poésie, que durant sa courte vie il incarne. Il a joué son jeu, comme il se devait ; mais il ne s'arrête pas à lui-même. Ainsi en advient-il des héros. Leur geste dure et, repris par la poésie, par les arts, devient un continu symbole. Et c'est là ce qui fait qu'Orion, le chasseur, poursuit encore, dans les champs élyséens d'asphodèles, les bêtes qu'il a pourtant tuées durant sa vie ; cependant qu'au ciel s'éternise avec son baudrier sa représentation constellée. C'est là ce qui fait que Tantale reste éternellement assoiffé ; que Sisyphe roule sans cesse, vers un inatteignable sommet, la lourde pierre sans cesse retombante des soucis qui le tourmentaient, du temps qu'il était roi de Corinthe. Car sache que, dans les Enfers, il n'est pas d'autre châtiment que de recommencer toujours le geste inachevé de sa vie.

« Tout comme, dans la faune entière, chaque animal peut bien mourir, sans que l'espèce qui retient sa forme et son comportement habituel s'en trouve aucunement appauvrie ; car il n'y a pas d'individus parmi les bêtes. Tandis que seul compte, parmi les hommes, l'individu. C'est ainsi que Minos, dès à présent mène à Cnossos une existence qui le prépare à sa carrière de juge aux Enfers. C'est ainsi que Pasiphaë, qu'Ariane, se laissent exemplairement emporter par leur destinée. Et toi-même, ô Thésée, si insoucieux que tu paraisses et que tu te croies, tu n'échapperas pas, non plus qu'échappait Hercule, ou Jason, ou Persée, à la fatalité qui vous modèle.

« Mais sache (puisque mon regard apprit l'art de discerner, à travers le présent, le futur), sache qu'il te reste à faire de grandes choses, et dans un tout autre domaine que tes prouesses du passé ; des choses près desquelles ces prouesses, dans l'avenir, ne paraîtront que jeux d'enfant. Il te reste à fonder Athènes, où asseoir la domination de l'esprit.

« Donc ne t'attarde pas au labyrinthe, ni dans les bras d'Ariane, après l'affreux combat dont tu sortiras vainqueur. Passe outre. Considère comme trahison la paresse. Sache ne chercher de repos que, ton destin parfait, dans la mort. C'est seulement ainsi que, par-delà la mort apparente, tu vivras inépuisablement recréé par la reconnaissance des hommes. Passe outre, va de l'avant, poursuis ta route, vaillant rassembleur de cités.

« Maintenant, écoute, ô Thésée, et retiens mes instructions. Sans doute triompheras-tu sans peine du Minotaure, car, à le bien prendre, il n'est pas si redoutable que l'on croit. On a dit qu'il se nourrissait de carnage ; mais depuis quand les taureaux n'ont-ils dévoré que des prés ? Entrer dans le labyrinthe est facile. Rien de plus malaisé que d'en sortir. Nul ne s'y retrouve qu'il ne s'y soit perdu d'abord. Et pour revenir en arrière, car les pas n'y laissent pas de trace, il te faut t'attacher à Ariane par un fil, dont je t'ai préparé quelques pelotons que tu emporteras avec toi, que tu dérouleras à mesure de ton progrès, nouant l'extrémité de l'un épuisé au commencement du fil de l'autre, de manière qu'il n'y ait point de cesse ; et tu rembobineras le fil, à ton retour, jusqu'au bout tenu par Ariane. Je ne sais pourquoi j'insiste tant, car tout cela est simple comme bonjour. Ce qui est ardu, c'est de conserver jusqu'au bout du fil une résolution inébranlable de retour ; résolution que les parfums et l'oubli qu'ils versent, que ta propre curiosité, que tout, va conspirer à affaiblir. Je te l'ai déjà dit et n'ai plus rien à ajouter. Voici les pelotons. Adieu. »

Je quittai Dédale et m'en fus rejoindre Ariane.

IX

Ce fut à propos de ces pelotons qu'entre Ariane et moi s'éleva notre première dispute. Elle voulut que je lui remette, et prétendit garder en son giron lesdits pelotons que m'avait confiés Dédale, arguant que c'était affaire aux femmes de les rouler et dérouler, en quoi elle se disait particulièrement experte, et ne voulant pas m'en laisser le soin; mais, en vérité, désirant ainsi demeurer maîtresse de ma destinée, ce que je ne consentais à aucun prix. Je me doutais aussi que, ne les déroulant qu'à contre gré pour me permettre de m'éloigner d'elle et retenant le fil ou le tirant à elle, je serais empêché d'aller de l'avant tout mon soûl. Je tins bon, en dépit de ses larmes, suprême argument des femmes, sachant bien que lorsqu'on commence à leur céder du petit doigt, tout le bras puis le reste y passe.

Ce fil n'était ni de lin, ni de laine, mais par Dédale, d'une matière inconnue, contre laquelle mon glaive même, que j'essayai sur un petit bout, ne pouvait rien. Je laissai ce glaive entre les mains d'Ariane, résolu que j'étais (après ce que m'avait dit Dédale sur la supériorité que confèrent à l'homme les instruments sans lesquels je n'aurais pu triompher des monstres), résolu, dis-je, à combattre le Minotaure avec la seule vigueur de mon bras. Arrivés donc devant l'entrée du labyrinthe, porche orné de la double hache qui, en Crète, figurait partout, j'adjurai Ariane de ne point s'en écarter. Elle tint à attacher elle-même à mon poignet l'extrémité du fil, par un nœud qu'elle prétendit conjugal ; puis tint ses lèvres collées aux miennes durant un temps qui me parut interminable. Il me tardait d'avancer.

Mes treize compagnons et compagnes m'avaient précédé, dont Pirithoüs ; et je les retrouvai, dès la première salle, déjà tout hébétés par les parfums. J'avais omis de raconter qu'avec le fil, Dédale m'avait remis un morceau d'étoffe imprégné d'un puissant antidote contre ceux-ci, me recommandant instamment de l'assujettir en bâillon. Et à cela aussi, sous le porche du labyrinthe, Ariane avait mis la main. Grâce à quoi, mais ne respirant qu'à peine, je pus, parmi ces vapeurs enivrantes rester de sens lucide et de vouloir non détendu. Pourtant je suffoquais un peu, habitué que j'étais, je l'ai dit, à ne me sentir bien qu'en air libre, oppressé par l'atmosphère factice de ce lieu.

Déroulant le fil, je pénétrai dans une seconde salle, plus obscure que la première ; puis dans une autre plus obscure encore ; puis dans une autre, où je n'avançai plus qu'à tâtons. Ma main, frôlant le mur, rencontra la poignée d'une porte, que j'ouvris à un flot de lumière. J'étais entré

75

dans un jardin. En face de moi, sur un parterre fleuri de renoncules, d'adonides, de tulipes, de jonquilles et d'œillets, en une pose nonchalante, je vis le Minotaure couché. Par chance, il dormait, j'aurais dû me hâter et profiter de son sommeil, mais ceci m'arrêtait et retenait mon bras : le monstre était beau. Comme il advient pour les centaures, une harmonie certaine conjuguait en lui l'homme et la bête. De plus, il était jeune, et sa jeunesse ajoutait je ne sais quelle charmante grâce à sa beauté ; armes, contre moi, plus fortes que la force et devant lesquelles je devais faire appel à tout ce dont je pouvais disposer d'énergie. Car on ne lutte jamais mieux qu'avec le renfort de la haine ; et je ne pouvais le haïr. Je restai même à le contempler quelque temps. Mais il ouvrit un œil. Je vis alors qu'il était stupide et compris que je devais y aller...

Ce que je fis alors, ce qui se passa, je ne puis le rappeler exactement. Si étroitement que m'embâillonnât le tampon, je ne laissais pas d'avoir l'esprit engourdi par les vapeurs de la première salle ; elles affectaient ma mémoire, et, si pourtant je triomphai du Minotaure, je ne gardai de ma victoire sur lui qu'un souvenir confus mais, somme toute, plutôt voluptueux. Suffit, puisque je me défends d'inventer. Je me souviens aussi, comme d'un rêve, du charme de ce jardin, si capiteux que je pensais ne pouvoir m'en distraire ; et ce n'est qu'à regret, quitte du Minotaure, que je regagnai, rembobinant le fil, la première salle, où rejoindre mes compagnons.

Ils étaient attablés devant un festin de victuailles, apportées je ne sais comment ni par qui, bâfrant, buvant à longs traits, s'entrepelotant, et s'esclaffant comme des fous ou des idiots. Lorsque je fis mine de les emmener, ils protestèrent qu'ils étaient fort bien là et ne songeaient nullement à partir. J'insistai, dis que je leur apportais la délivrance. « La délivrance de quoi ? » s'écrièrent-ils ; et, ligués soudain contre moi, m'injurièrent. Je m'attristais grandement, à cause de Pirithoüs. Il me reconnaissait à peine, reniait la vertu, se rigolait de sa propre valeur et proclamait sans vergogne qu'il ne consentirait à quitter le bien-être présent pour toute la gloire du monde. Je ne pouvais cependant lui en vouloir, sachant trop que, sans la précaution de Dédale, j'aurais sombré de même, fait chorus avec lui, avec eux. Ce n'est qu'en les battant, ce n'est qu'à coups de poing, de pied au cul, que je les contraignis à me suivre ; aussi bien étaient-ils à ce point alourdis par l'ivresse qu'incapables de résister.

Sortis du labyrinthe, quelle peine et quel temps il leur fallut pour révoquer leurs sens et se rasseoir dans leur assiette ! ce qu'ils ne firent qu'avec tristesse. Il leur semblait, me dirent-ils ensuite, redescendre d'un sommet de béatitude, vers une étroite et sombre vallée, réintégrant cette geôle qu'on est à soi-même, d'où ne pouvoir plus s'échapper. Pourtant Pirithoüs se montra bientôt fort confus de cette dépravation passagère

et promit de se racheter à ses propres yeux
et aux miens par un excès de zèle. Une
occasion s'offrit à lui, peu ensuite, de me
prouver son dévouement.

X

Je ne lui cachais rien ; il connaissait mon sentiment pour Ariane et mon ressentiment. Je ne lui cachai même pas que j'étais fort épris de Phèdre, si enfant qu'elle fût encore. Elle usait fréquemment, en ce temps, d'une escarpolette suspendue aux fûts de deux palmiers ; et de la voir s'y balancer, le vent relevant ses courtes jupes, je chavirais. Mais, dès qu'Ariane paraissait, je détournais les yeux et dissimulais de mon mieux, redoutant sa jalousie de sœur aînée. Or, laisser insatisfait un désir, c'est malsain. Mais, pour mener à bien l'audacieux projet d'enlèvement qui commençait à s'ébaucher en mon cœur, il fallait user de ruse. C'est alors que Pirithoüs sut inventer,

pour me servir, un subterfuge où s'avéra sa
fertile ingéniosité. Cependant notre séjour
dans l'île se prolongeait, encore qu'Ariane
et moi ne songeassions plus qu'au départ ;
mais ce qu'Ariane ne savait pas, c'est que
j'étais bien résolu à ne m'en aller qu'avec
Phèdre. Pirithoüs, lui, le savait. Et voici
comme il m'y aida.

Plus libre que moi (j'étais claquemuré
par Ariane), Pirithoüs avait loisir de s'en-
quérir des coutumes de la Crète et d'observer. « Je crois, me dit-il un matin, que je
tiens l'affaire. Sache que Minos et Rhadamante, ces deux très sages législateurs, ont
réglementé les mœurs de l'île, et particulièrement la pédérastie, à laquelle tu n'ignores
pas que les Crétois sont fort enclins,
comme il appert de leur culture. C'est au
point que tout adolescent qui atteint la
virilité avant d'avoir été choisi par un aîné
prend honte et tient à déshonneur ce
mépris ; car l'on pense communément, s'il
est beau, qu'alors quelque vice d'esprit ou
de cœur en est cause. Le jeune Glaucos,

dernier fils de Minos, qui ressemble à Phèdre comme un double, m'a fait part de ses soucis à cet égard. Il souffre de son délaissement. J'ai beau lui dire que sans doute son titre de prince a découragé les amants ; il me répond qu'il se peut, mais que cela n'en est pas moins désobligeant pour lui et qu'on devrait savoir que Minos s'en attriste aussi ; que Minos ne tient à l'ordinaire aucun compte des rangs sociaux, grades ou hiérarchies ; toutefois se sentirait, certes, flatté lorsqu'un prince éminent comme toi voudrait bien s'intéresser à son fils. J'ai pensé qu'Ariane, qui se montre si importunément jalouse de sa sœur, ne le serait sans doute pas de son frère, car il n'est guère d'exemple qu'une femme prenne en considération l'amour d'un homme pour un garçon ; en tout cas, il lui paraîtrait malséant d'en marquer ombrage. Tu pourrais procéder sans crainte.

— Eh ! penses-tu, m'écriai-je, que ce soit la crainte qui jamais m'arrête ? Mais, bien que grec, je ne me sens aucunement porté vers ceux de mon sexe, si jeunes et charmants qu'ils puissent être, et diffère en cela d'Hercule, à qui je quitterais volontiers son Hylas. Ton Glaucos a beau ressembler à ma Phèdre, c'est elle que je désire et non lui.

— Tu ne m'as pas compris, reprit-il. Je ne te propose pas d'emmener Glaucos à sa place, mais bien de feindre de l'emmener, d'abuser Ariane et de lui laisser croire, et à tous, que Phèdre que tu emmèneras, c'est Glaucos. Ecoute et suis-moi bien : une des coutumes de l'île, instituée par Minos lui-même, veut que l'amant s'empare de l'enfant qu'il convoite, qu'il l'emmène vivre avec lui, chez lui, durant deux mois ; à la suite desquels l'enfant déclare publiquement si son amant lui plaît et se comporte avec lui décemment. Emmener le faux Glaucos chez toi, c'est l'amener sur ce navire qui, de Grèce, nous transportait ici. Sitôt que nous y serons rassemblés, avec Phèdre cachée, on lève l'ancre ; avec Ariane aussi, puisqu'elle entend t'accompagner ; puis on gagne le large en vitesse. Les vaisseaux crétois sont nombreux, mais moins rapides que les nôtres et, s'ils nous poursuivent, nous pourrons aisément les distancer. Parle de ce projet à Minos. Sois certain qu'il y sourira, pourvu que tu lui laisses croire qu'il concerne Glaucos et non Phèdre ; car pour Glaucos, il ne saurait rêver meilleur maître et amant que toi. Mais dis-moi : Phèdre est-elle consentante ?

— Je n'en sais rien encore. Ariane a grand soin de ne me laisser jamais seul avec elle, de sorte que je n'ai pu la pressentir... Mais je ne doute pas qu'elle soit prête à me suivre, dès qu'elle comprendra que je la préfère à sa sœur. »

C'est celle-ci d'abord qu'il s'agissait de préparer. Je m'ouvris donc à elle, mais fallacieusement, selon la machination convenue.

« Quel merveilleux projet ! s'écria-t-elle. Et combien je me réjouis de voyager avec mon petit frère ! Tu ne te doutes pas de ce qu'il peut être gentil. Je m'entends fort bien avec lui et, malgré notre différence d'âge, reste son compagnon de jeu préféré. Rien de tel, pour lui ouvrir l'esprit, qu'un séjour en terre étrangère. A Athènes, il se perfectionnera dans son grec, qu'il parle déjà passablement, mais avec un mauvais accent, dont il se corrigera très vite. Tu lui seras d'excellent exemple. Puisse-t-il tendre à te ressembler. »

Je la laissai dire. La malheureuse ne se doutait guère du sort qui l'attendait.

Il nous fallait également avertir Glaucos, afin de prévenir tout accroc. Ce fut Pirithoüs qui s'en chargea. L'enfant, me dit-il ensuite, se montra d'abord fort déçu. Il avait fallu faire appel à ses sentiments les meilleurs pour le décider à entrer dans le jeu ; je devrais dire : à en sortir, pour céder la place à sa sœur. Il fallait avertir Phèdre également. Elle aurait pu se mettre à pousser des cris si l'on avait tenté de l'enlever par force ou surprise. Mais Pirithoüs spécula fort habilement sur l'amusement que l'un et l'autre ne laisseraient pas de prendre à berner, Glaucos, ses parents ; Phèdre, son aînée.

Phèdre s'affubla donc des vêtements habituels de Glaucos. Tous deux étaient exactement de même taille, et, lorsqu'elle eut ses cheveux enveloppés et le bas de son visage couvert, il ne se pouvait qu'Ariane ne s'y méprît.

Certes, il m'en coûtait de devoir tromper Minos, qui m'avait prodigué les marques de sa confiance. Il m'avait dit le bienfait qu'il attendait de mon influence d'aîné sur son fils. Et puis j'étais son hôte. J'abusais évidemment. Mais il n'était pas, il n'est jamais en moi de me laisser arrêter par des scrupules. Sur toutes les voix de la reconnaissance et de la décence, celle de mon désir l'emportait. Tout coup vaille. Il faut ce qu'il faut.

Ariane nous avait précédés sur le bateau, soucieuse de s'y aménager une installation confortable. Nous n'attendions plus que

Phèdre pour escamper. Son enlèvement eut lieu, non point dès que la nuit fut close, ainsi qu'il était d'abord convenu, mais après le repas de famille où elle tint à figurer encore. Elle allégua cette habitude qu'elle avait prise de se retirer sitôt ensuite ; de sorte qu'on ne pourrait, disait-elle, remarquer son absence avant le lendemain matin. Ainsi tout se passa sans impair Ainsi pus-je débarquer avec Phèdre, quelques jours plus tard, en Attique, ayant entre-temps déposé la belle, la lassante Ariane, sa sœur, à Naxos.

J'appris, à mon arrivée sur nos terres, qu'Égée, mon père, de si loin qu'il avait aperçu les voiles noires, ces voiles que j'avais omis de changer, s'était précipité dans la mer. J'ai déjà touché quelques mots de cela ; je n'aime pas y revenir. J'ajouterai pourtant que j'avais fait un songe, cette dernière nuit, où je me voyais déjà roi d'Attique... Quoi qu'il en soit, qu'il pût en être, ce fut, pour tout le peuple et pour moi, jour de fête à cause de notre heureux retour et de mon avènement, jour de deuil à cause de la mort de mon père. En raison de quoi j'instituai tout aussitôt des chorégies où les lamentations alternaient avec les chants de joie ; où nous tînmes à prendre part dansante, mes compagnons inespérément délivrés et moi-même. Allégresse et désolation : il était séant d'entretenir le peuple à la fois dans ces deux sentiments contraires.

XI

Certains m'ont reproché, par la suite, ma conduite envers Ariane. Ils ont dit que j'avais agi lâchement ; que je n'aurais pas dû l'abandonner, ou tout au moins pas sur une île. Voire ; mais je tenais à mettre la mer entre nous. Elle me poursuivait, me pourchassait, me traquait. Quand elle eut éventé ma ruse, découvert sa sœur sous le revêtement de Glaucos, elle mena grand raffut, poussa force cris rythmés, me traita de perfide, et lorsque, excédé, je lui déclarai mon intention de ne pas l'emmener plus loin que le premier îlot où le vent, qui s'était soudain élevé, nous permettrait ou forcerait de faire escale, elle me menaça d'un long poème qu'elle se proposait d'écrire au sujet de cet infâme abandon. Je lui dis aussitôt qu'elle ne pourrait certainement rien faire de mieux ; que ce poème promettait d'être très beau, si j'en pouvais juger déjà par sa fureur et par ses accents lyriques ; qu'il serait, au surplus, consolatoire, et qu'elle ne laisserait pas d'y trouver la récompense de son chagrin. Mais tout ce que je disais n'aidait qu'à l'irriter davantage. Ainsi sont les femmes dès qu'on cherche à leur faire entendre raison. Quant à moi, je me laisse toujours guider par un instinct que, pour plus de simplicité, je crois sûr.

Cet îlot fut Naxos. L'on dit que, quelque temps après que nous l'y eûmes laissée, Dionysos vint l'y rejoindre et qu'il l'épousa ; ce qui peut être une façon de dire qu'elle se consola dans le vin. L'on raconte que, le jour de ses noces, le dieu lui fit cadeau d'une couronne, œuvre d'Héphaïstos, laquelle figure parmi les constellations ; que Zeus l'accueillit sur l'Olympe, lui conférant l'immortalité. On la prit même, raconte-t-on, pour Aphrodite. Je laissai dire et moi-même, pour couper court aux rumeurs accusatrices, la divinisai de mon mieux, instituant à son égard un culte où d'abord je pris la peine de danser. Et l'on me permettra de remarquer que, sans mon abandon, ne fût advenu rien de tout cela, si avantageux pour elle.

Certains faits controuvés ont défrayé la légende : enlèvement d'Hélène, descente aux Enfers avec Pirithoüs, viol de Proserpine. Je me gardais de démentir ces bruits d'où je tirais un surcroît de prestige ; et même renchérissais sur les racontars afin d'ancrer le peuple en des croyances dont il n'a que trop tendance, celui d'Attique, à se gausser. Car il est bon que le vulgaire s'émancipe, mais non point par irrévérence.

Le vrai c'est que, depuis mon retour à Athènes, je restais fidèle à Phèdre. J'épousai la femme et la cité tout ensemble. J'étais époux, fils du roi défunt ; j'étais roi. Le temps de l'aventure est révolu, me redisaisje ; il ne s'agissait plus de conquérir, mais de régner.

Ce n'était pas une mince affaire ; car Athènes, en ce temps, à vrai dire, n'existait pas. En Attique, un tas de menus bourgs se disputaient l'hégémonie ; d'où des assauts, des querelles, des luttes sans fin. Il importait d'unifier et de centraliser le pouvoir ; ce que je n'obtins pas sans peine. J'y employai force et astuce.

Égée, mon père, pensait assurer son autorité en maintenant les divisions. Considérant que le bien-être des citoyens est compromis par les discordes, je reconnus dans l'inégalité des fortunes et dans le désir d'accroître la sienne la source de la plupart des maux. Peu soucieux moi-même de m'enrichir, et préoccupé du bien public autant ou plus que du mien propre, je donnai l'exemple d'une vie simple. Par un partage égal des terres, je supprimai d'un coup les suprématies et les rivalités qu'elles entraînent. Ce fut une mesure sévère qui satisfit certes les indigents, c'est-à-dire le grand nombre, mais révolta les riches que par là je dépossédais. Ils étaient peu nombreux, mais habiles. Je réunis les plus importants d'entre eux et leur dis :

« Je ne fais cas de rien que du mérite personnel et ne reconnais pas d'autre valeur. Vous avez su vous enrichir par habileté, science et persévérance : mais, plus souvent encore par injustice et par abus. Les rivalités entre vous compromettent la sûreté d'un État que je veux puissant, mis à l'abri de vos intrigues. C'est seulement ainsi qu'il pourra s'opposer aux invasions étrangères, et prospérer. Le maudit appétit d'argent qui vous tourmente ne vous apporte pas le bonheur, car à vrai dire il est insatiable. Plus on acquiert, plus on souhaite d'acquérir. Je réduirai donc vos fortunes ; et par la force (je la possède), si vous n'acceptez pas cette réduction de bon gré. Je ne tiens à réserver pour moi que la garde des lois et la direction de l'armée. Peu me chaut le reste. Je prétends vivre en roi tout aussi simplement que j'ai vécu jusqu'à ce jour, et sur le même pied que les humbles. Je saurai faire respecter les lois ; me faire respecter, sinon craindre, et prétends que l'on puisse dire alentour : l'Attique est régie, non par un tyran, mais par un gouvernement populaire ; car chaque citoyen de cet État aura droit égal au Conseil et nul compte ne sera tenu de sa naissance. Si vous ne vous rangez pas à cela de plein gré, je saurai, vous dis-je, vous y contraindre.

« Je ferai démolir et réduirai à néant vos petites cours de justice locale, vos salles de conseil régional, et rassemblerai, sous l'acropole, ce qui déjà prend le nom d'Athènes. Et c'est ce nom d'Athènes que les races futures, je le promets aux dieux qui me favorisent, révéreront. Je dévoue ma ville à Pallas. Maintenant, allez et tenez-vous-le pour dit. »

Puis, joignant l'exemple aux paroles, je me démis aussitôt de toute autorité royale, rentrai dans le rang, ne craignis pas de me montrer sans escorte aux yeux de tous et comme un simple citoyen ; mais m'occupai sans relâche de la chose publique, assurant la concorde, veillant à l'ordre de l'État.

Pirithoüs, après qu'il eut entendu mon discours aux grands, me dit qu'il le trouvait beau, mais absurde. Car, arguait-il : l'égalité n'est pas naturelle parmi les hommes ; disons plus : elle n'est pas souhaitable. Il est bon que les meilleurs dominent la masse vulgaire de toute la hauteur de leur vertu. Sans émulation, rivalité, jalousie, cette masse demeure amorphe, stagnante, et vautrée. Il y faut un levain qui la soulève ; tâche que ce ne soit point contre toi. Que tu le veuilles ou non, malgré cette égalisation première que tu souhaites, qui fasse chacun partir, avec chances égales, d'un même plan, il se reformera bientôt, selon la différence des aptitudes, des différences de situation ; c'est-à-dire : une plèbe souffrante, une aristocratie.

« Parbleu ! repartis-je, j'y compte bien, et en fort peu de temps, je l'espère. Mais d'abord je ne vois pas pourquoi cette plèbe

serait souffrante, si cette aristocratie nouvelle, que je favoriserai de mon mieux, est,
comme je la désire, celle non de l'argent,
mais de l'esprit. »

Puis, afin d'augmenter l'importance et
la puissance d'Athènes, je fis savoir que
seraient indistinctement accueillis tous
ceux, venus de n'importe où, qui souhaite-
raient de venir s'y fixer ; et des crieurs se
répandirent dans les contrées d'alentour
répétant : « Vous, peuples, tous, accourez
ici ! »

Le bruit s'en répandit au loin. Et n'est-
ce pas là ce qui fit Œdipe, roi déchu,
grande et triste épave, venir de Thèbes en
Attique, chercher aide et protection, puis
mourir ? Ce qui me permit de diriger
ensuite sur Athènes la bénédiction divine-
ment commise à ses cendres. De ceci, je
reparlerai.

Je promis aux nouveaux venus, quels
qu'ils soient, les mêmes droits que les
aborigènes et que les citoyens précédem-
ment établis dans la ville, reportant toute

discrimination à plus tard et selon les preuves. Car ce n'est qu'à l'usage qu'on reconnaît les bons instruments. Je ne voulais juger personne que d'après services rendus.

De sorte que si, plus tard, il me fallut pourtant admettre, entre les Athéniens, des différences et, partant, une hiérarchie, je ne laissai s'établir celle-ci que pour assurer mieux le fonctionnement général de la machine. C'est ainsi que les Athéniens, entre tous autres Grecs, grâce à moi, méritèrent le beau nom de *Peuple,* qui leur fut communément donné, et qui ne fut donné qu'à eux. Dépassant de loin celle de mes exploits d'antan, c'est là ma gloire ; gloire à laquelle ne parvint Hercule, Jason, Bellérophon, ni Persée.

Pirithoüs, hélas ! compagnon de mes premiers jeux, ne m'y suivit pas. Tous ces héros que j'ai nommés, d'autres encore comme Méléagre ou Pélée, ne surent prolonger leur carrière par-delà leurs premiers exploits, ou parfois leur unique exploit.

Pour moi, je ne voulais pas m'en tenir là. Il est un temps de vaincre, disais-je à Pirithoüs, de purger la terre de ses monstres, puis un temps de cultiver et de porter à fruit la terre heureusement amendée ; un temps de libérer les hommes de la crainte, puis un temps d'occuper leur liberté, de mener à profit et à fleur leur aisance. Et cela ne se pouvait sans discipline ; je n'admis pas que l'homme s'en tînt à lui-même, à la manière des Béotiens, ni qu'il cherchât sa fin dans un médiocre bonheur. Je pensais que l'homme n'était pas libre, qu'il ne le serait jamais et qu'il n'était pas bon qu'il le fût. Mais je ne le pouvais pousser en avant sans son assentiment, non plus qu'obtenir celui-ci sans lui laisser, du moins au peuple, l'illusion de la liberté. Je voulus l'élever, n'admettant point qu'il se contentât de son sort et consentît à maintenir son front courbé. L'humanité, pensais-je sans cesse, peut plus et vaut mieux. Je me souvenais de l'enseignement de Dédale, qui prétendait avantager l'homme de toutes les dépouilles des dieux. Ma grande force était de croire au progrès.

Pirithoüs cessa donc dès lors de me suivre. Il m'avait, au temps de ma jeunesse, accompagné partout, beaucoup aidé. Mais je compris que la constance d'une amitié nous retient ou nous tire arrière. Il est un point passé lequel on ne peut avancer que seul. Comme Pirithoüs était de bon sens, je l'écoutais encore, mais sans plus. Vieilli lui-même, c'est dans la tempérance qu'il laissait s'assoupir sa sagesse, lui naguère si entreprenant. Il n'apportait plus que restreinte et que limitation dans son conseil.

« L'homme ne mérite pas, me disait-il, que l'on s'occupe tant de lui.

— Eh ! de quoi s'occuper, que de l'homme ? ripostais-je. Il n'a pas dit son dernier mot.

— Calme-toi, me disait-il encore. N'as-tu pas fait suffisamment ? La prospérité d'Athènes assurée, repose-toi dans la gloire acquise et dans le bonheur conjugal. »

Il m'engageait à me soucier de Phèdre davantage et, sur ce point du moins, n'avait pas tort. Car je dois raconter ici comment la paix de mon foyer fut troublée et par quel deuil affreux, en guise de rançon, je dus payer aux dieux mes succès et ma suffisance.

XII

J'avais en Phèdre une confiance illimi-
tée. Je l'avais vue, de mois en mois, croître
en grâce. Elle ne respirait que vertu.
L'ayant soustraite si jeune à l'influence
pernicieuse de sa famille, je ne me doutais
pas qu'elle en emportait avec elle tous les
ferments. Évidemment elle tenait de sa
mère, et, lorsque ensuite elle tenta de
s'excuser en se disant irresponsable, pré-
destinée, force était de reconnaître qu'il y
avait là du fondement. Mais ce n'était pas
tout : je crois aussi qu'elle dédaignait trop
Aphrodite. Les dieux se vengent et ce fut
vainement, par la suite, qu'elle tenta
d'apaiser la déesse par un surcroît d'offran-
des et d'implorations. Car Phèdre était

pieuse, pourtant. Dans ma belle-famille, tout le monde était pieux. Mais il était sans doute fâcheux que tout le monde n'adressât pas ses dévotions au même dieu. Pasiphaë c'était à Zeus ; Ariane à Dionysos. Quant à moi, je vénérais surtout Pallas Athéné, puis Poséidon, à qui, par engagement secret, j'étais lié et qui, pour mon malheur, s'engageait réciproquement à me répondre tellement que je ne l'implorerais pas en vain. Mon fils, celui que j'eus de l'Amazone et que je chérissais entre tous, c'est Artémis la chasseresse qu'il adorait. Il était chaste comme elle, autant qu'à son âge j'étais dissolu. Il courait les halliers, les forêts, nu sous la lune ; fuyait la cour, les assemblées, surtout la société des femmes, et ne se plaisait que parmi ses limiers, poursuivant jusqu'au sommet des monts ou dans les retraits des vallées la fuite des animaux sauvages. Souvent encore il dressait les chevaux rétifs, les entraînait sur le sable des plages, pour bondir avec eux dans la mer. Que je l'aimais ainsi ! beau, fier, insoumis ; non à moi, certes, qu'il vénérait, ni aux lois ; mais aux conventions qui restreignent les affirmations et fatiguent la valeur de l'homme. C'est lui que je voulais pour héritier. Je pourrais m'endormir tranquille, après avoir remis les rênes de l'État entre ses mains pures ; car je le savais inaccessible autant aux menaces qu'aux flatteries.

Que Phèdre pût s'éprendre de lui, je ne m'en avisai que trop tard. J'aurais dû m'en douter, car il était semblable à moi ; je veux dire semblable à ce que j'étais à son âge. Or déjà je me faisais vieux, et Phèdre restait extraordinairement jeune. Elle m'aimait peut-être encore, mais comme on aime un père. Il n'est pas bon, et je l'appris à mes dépens, qu'il y ait une telle différence d'âge entre époux. Aussi bien, ce que je ne puis pardonner à Phèdre, ce n'est point cette passion, après tout assez naturelle encore qu'incestueuse à demi, mais c'est d'avoir, comprenant qu'elle ne la pourrait assouvir, accusé calomnieusement mon Hippolyte, lui imputant cette impure flamme qui la consumait. Père aveugle, mari trop confiant, je la crus. Pour une fois que je m'en remettais à la protestation d'une femme ! C'est sur mon fils innocent que j'appelai la vengeance du dieu. Et ma prière fut écoutée. Les hommes, lorsqu'ils s'adressent aux dieux, ne savent pas que c'est pour leur malheur, le plus souvent, que les dieux les exaucent. Par volonté subite, irraisonnable, passionnée, je me trouvais avoir tué mon fils. Et j'en demeure inconsolable. Que Phèdre, sitôt ensuite, consciente de son forfait, se soit fait justice, c'est bien. Mais à présent, privé de la même amitié de Pirithoüs, je me sens seul ; et je suis vieux.

Œdipe, lorsque je l'accueillis à Colone, chassé de Thèbes sa patrie, sans yeux, disgracié, pour misérable qu'il pût être, du moins avait auprès de lui ses deux filles, dont la tendresse constante apportait un soulagement à ses maux. De toutes parts, il avait échoué dans son entreprise. J'ai réussi. Même la durable bénédiction que doit apporter sa dépouille à la contrée où elle repose ce n'est pas sur sa Thèbes ingrate qu'elle agira, mais sur Athènes.

Cette rencontre à Colone de nos destins, cette suprême confrontation au carrefour de nos deux carrières, je m'étonne qu'on en ait si peu parlé. Je la tiens pour le sommet, le couronnement de ma gloire. Jusqu'alors j'avais tout incliné, vu tous s'incliner devant moi (si j'omets Dédale ; mais il était mon aîné de beaucoup. Au surplus, même Dédale me fut soumis). En Œdipe seul, je reconnaissais une noblesse égale à la mienne ; ses malheurs ne pouvaient que grandir encore à mes yeux ce vaincu. Sans doute j'avais triomphé partout et toujours ; mais c'était sur un plan qui, près d'Œdipe, m'apparaissait tout humain et comme inférieur. Il avait tenu tête au Sphinx ; dressé l'Homme en face de l'énigme et osé l'opposer aux dieux. Comment alors, pourquoi, avait-il accepté sa défaite ? En se crevant les yeux, même n'y avait-il pas contribué ? Il y avait, dans cet affreux attentat contre lui-même, quelque chose que je ne parvenais pas à comprendre. Je lui fis part de mon étonnement. Mais son explication, il me faut bien l'avouer, ne me satisfit guère ; ou c'est que je ne la compris pas bien.

« J'ai cédé, me dit-il, à un mouvement de fureur, il est vrai ; laquelle je ne pouvais tourner que contre moi ; à qui d'autre eussé-je pu m'en prendre ? Devant l'immensité de l'horreur accusatrice qui venait de se découvrir à moi, j'éprouvais l'impérieux besoin de protester. Et d'ailleurs, ce que je voulais crever, ce n'était point tant mes yeux que la toile ; que ce décor où je me démenais, ce mensonge à quoi j'avais cessé de croire ; pour atteindre la réalité.

« Mais non ! je ne pensai précisément à rien ; c'est par instinct que j'ai agi. J'ai crevé mes yeux pour les punir de n'avoir pas su voir une évidence qui, comme l'on dit, aurait dû me crever les yeux. Mais, à vrai dire... ah ! je ne sais comment t'expliquer cela... Personne ne comprit le cri que je poussais alors : " Ô obscurité, ma lumière ! " et toi, tu ne le comprends, je le sens bien, pas davantage. On y entendit une plainte ; c'était une constatation. Ce cri signifiait que l'obscurité s'éclairait soudainement pour moi d'une lumière surnaturelle, illuminant le monde des âmes. Il voulait dire, ce cri : Obscurité, tu seras dorénavant, pour moi, la lumière. Et tandis que le firmament azuré se couvrait devant moi de ténèbres, mon ciel intérieur au moment même s'étoilait. »

Il se tut et, durant quelques instants, resta plongé dans une méditation profonde ; puis reprit :

« Du temps de ma jeunesse, j'ai pu passer pour clairvoyant. Je l'étais à mes propres yeux. N'avais-je pas su, le premier, le seul, répondre à l'énigme du Sphinx ? Mais c'est depuis que mes yeux charnels, par ma propre main, se sont soustraits aux apparences que j'ai, me semble-t-il, commencé à y voir vraiment. Oui ; tandis que le monde extérieur, à jamais, se voilait aux yeux de la chair, une sorte de regard nouveau s'ouvrait en moi sur les perspectives infinies d'un monde intérieur, que le monde apparent, qui seul existait pour moi jusqu'alors, m'avait fait jusqu'alors mépriser. Et ce monde insensible (je veux dire : impréhensible par nos sens) est, je le sais à présent, le seul vrai. Tout le reste n'est qu'une illusion qui nous abuse et offusque notre contemplation du Divin. " Il faut cesser de voir le monde, pour voir Dieu ", me disait un jour le sage aveugle Tirésias ; et je ne le comprenais pas alors ; comme toi-même, ô Thésée, je sens bien que tu ne me comprends pas.

— Je ne chercherai pas à nier, lui dis-je, l'importance de ce monde intemporel que, grâce à ta cécité, tu découvres ; mais ce que je me refuse à comprendre, c'est pourquoi tu l'opposes au monde extérieur dans lequel nous vivons et agissons.

— C'est que, pour la première fois, me répondit-il, cet œil intérieur percevant ce qui jamais encore ne m'était apparu, je pris

110

soudain conscience de ceci : que j'avais assis mon humaine souveraineté sur un crime, de sorte que tout ce qui s'ensuivait en fût conséquemment souillé ; non seulement toutes mes décisions personnelles, mais même celles des deux fils à qui j'abandonnai la couronne ; car je me démis aussitôt de la glissante royauté que m'avait octroyée mon crime. Et déjà tu pus apprendre à quels nouveaux forfaits se sont laissé entraîner mes fils, et quelle fatalité d'ignominie pèse sur tout ce que l'humanité pécheresse peut engendrer, dont ils ne sont, mes tristes enfants, qu'un illustre exemple. Car en tant que fruits d'un inceste, sans doute mes fils sont-ils particulièrement désignés ; mais je pense que quelque tare originelle atteint ensemble toute l'humanité, de sorte que même les meilleurs sont tarés, voués au mal, à la perdition, et que l'homme ne saurait s'en tirer sans je ne sais quel divin secours qui le lave de cette souillure première et l'amnistie. »

Il se tut encore quelques instants, comme désireux de plonger plus avant, puis reprit :

« Tu t'étonnes que je me sois crevé les yeux ; et je m'en étonne moi-même. Mais, dans ce geste, inconsidéré, cruel, peut-être y eut-il encore autre chose : je ne sais quel secret besoin de pousser à bout ma fortune, de rengréner sur ma douleur et d'accomplir une héroïque destinée. Peut-être ai-je pressenti vaguement ce qu'avait d'auguste et de rédempteur la souffrance ; aussi bien répugne à s'y refuser le héros. Je crois que c'est là que s'affirme surtout sa grandeur et qu'il n'est nulle part plus valeureux que lorsqu'il tombe en victime, forçant ainsi la reconnaissance céleste et désarmant la vengeance des dieux. Quoi qu'il en soit, et si déplorables que puissent avoir été mes erreurs, l'état de félicité suprasensible où j'ai pu parvenir, récompense amplement aujourd'hui tous les maux que j'ai dû souffrir, et sans lesquels je n'y serais sans doute point parvenu.

— Cher Œdipe, lui dis-je quand j'eus compris qu'il avait cessé de parler, je ne puis que te louer de cette sorte de sagesse surhumaine que tu professes. Mais ma pensée, sur cette route, ne saurait accompagner la tienne. Je reste enfant de cette terre et crois que l'homme, quel qu'il soit et si taré que tu le juges, doit faire jeu des cartes qu'il a. Sans doute as-tu su faire bon usage de ton infortune même et tirer parti d'elle pour en obtenir un contact plus intime avec ce que tu nommes le divin. Au surplus, je me persuade volontiers qu'une sorte de bénédiction est attachée à ta personne et qu'elle se reportera, selon ce qu'ont dit les oracles, sur la terre où pour toujours tu reposeras. »

Je n'ajoutai point que ce qui m'importait c'est que ce sol fût celui de l'Attique, et me félicitai que les dieux aient su faire aboutir Thèbes à moi.

Si je compare à celui d'Œdipe mon destin, je suis content : je l'ai rempli. Derrière moi, je laisse la cité d'Athènes.

Plus encore que ma femme et mon fils, je l'ai chérie. J'ai fait ma ville. Après moi, saura l'habiter immortellement ma pensée. C'est consentant que j'approche la mort solitaire. J'ai goûté des biens de la terre. Il m'est doux de penser qu'après moi, grâce à moi, les hommes se reconnaîtront plus heureux, meilleurs et plus libres. Pour le bien de l'humanité future, j'ai fait mon œuvre. J'ai vécu.

COLLECTION FOLIO

Dernières parutions

Impression Bussière à Saint-Amand (Cher),
le 23 février 1989.
Dépôt légal : février 1989.
1ᵉʳ dépôt légal dans la collection : novembre 1981.
Numéro d'imprimeur : 7421.
ISBN 2-07-037334-7./Imprimé en France.

45561